U0018121

全力支持！
好擠！
我是第一男主角！
YA！
卡到好位置！
一群蠢貓不知有啥好看的？
要看喔！
這張用過了吧！
我也有寫！

基米自序	P2
代替前情提要～來自Mocha的序	P4
三貓媽媽的序	P5
通訊ING	P6
妙卡卡特別劇場：貓遊記	P92
三貓媽媽特別劇場：Mocha驚夢	P94

基米自序

妙長工說他想不到序要寫些什麼，所以拜託我幫他寫。有沒有搞錯？這本肉球通訊幾乎都是我寫的，序當然是我自己來啊！

當初因為出版社的姸妏的關係，才會知道我的威名已經傳到香港去了 在和Mocha寫了半年肉球通訊之後，我最大的心得是：Mocha真是太幸福了，而我的生活真是太寒酸了！

相較之後，妙長工也知道自己的不對，所以我終於比較有吃好料的機會了。

另外，通訊都是妙長工幫我畫的，害我的玉照都沒機會給大家看實在可惜……

就在這放幾張我的照片吧

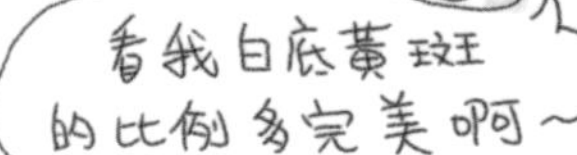

我的個人寫真集也在製作中，敬請期待  

2010、01.24

不要亂講
哪有什麼寫真集

要也是妹頭出

我是認真的耶

代替前情提要～Mocha的序

要和台灣妙卡卡家的基米交朋友，到底什麼溝通方法最好？

打電話？我和基米大哥素未謀面，可能有點尷尬，也不知從何談起。

手機短訊？哎喲！我的肉球太大，無論我多努力，也按不到要輸入的英文字母。

即時通訊？我打字打得慢，恐怕我打完一句回覆，基米大哥早已打盹了！

還是寫電郵吧！港台的虎紋肥貓，從此成為「筆友」。

貓咪寫信，到底會寫什麼？

想知道的話，就一定要看《肉球通訊》啦！

三貓媽媽的序

如果神仙給你一個願望，就只有一天，你可以洞悉別人的心意，看透他的心事，即使對方不說話，你也可以知道他所思所想。

那個「他」可會是你心儀的異性？

那個「他」可會是你的老闆？

那個「他」可會是能帶給你年終大花紅的大顧客？

那個「他」可會是你生意上的競爭對手？

而我，就希望能夠聽得懂家中三貓到底在喵什麼。

就算只有一天，我也很想很想知道，當我每朝醒來步出房間，蹲坐在沙發上的Momo向我大聲喵叫時，到底她是要我給她早點，還是要抱要呵，還是只是叫我一聲「早晨」？

就算只有一天，我也很想很想知道，三貓之中最呆頭呆腦，但又會和我對答的Tiger，當我興高采烈地告訴他我買了很多他愛吃的乾糧時，他大聲喵叫回應時，到底他在說：「真的嗎？我很高興。」還是說：「媽媽，我聽不懂你在說什麼。」

就算只有一天，我也很想很想知道，當我坐在電腦前面工作，Mocha走到我身邊，一面拍拍我手臂、一面喵喵叫，到底你是想我停下休息一會，還是想我陪你玩玩，還是想對我說：「媽媽，辛苦啦！」

可惜這個世界沒有神仙，而我也沒有聽得懂貓咪語言的本領。

寫《肉球通訊》，給我一個很好的機會去練習從貓咪的角度看世界，和台灣首席貓奴妙卡卡合作，帶給我更多的啟發，讓我了解貓咪多一點，愛因此更深一點。

2009/07.17

話說三貓媽媽的書架上有很多妙卡卡的貓書，我非常的想看，為此我嚷了一整晚，媽媽終於受不了，特地放下手邊的工作把書拿給我看。

咦？原來妙卡卡筆下的貓是真有其貓，你們看！這裡有妙卡卡家的貓咪照片。

嘩！卡卡和基米都和我一樣是虎紋貓呢！

遠在台灣的妙卡卡，請問我可以和你家的貓咪交個朋友嗎？

2009/07.20

原來是我們的書，香港的三貓媽媽有買，
剛好我的花色和Mocha有點像，
大咪和Tiger有像，而Momo和妹妹一樣
是白色的，所以想交朋友啊。
Mocha看起來日子過的很愜意嘛，又有吃又有玩的，
像我多可憐，老貓飼料不知吃多久了都還不換！
都怪那個阿寶整天纏著妙長工啦
這樣好了，Mocha小弟，只要你能寄一些好吃的給我，
或者讓妙卡卡換飼料的話，我就交你當朋友。
祝你完成任務啊～～

2009/07.27

三貓除了吃和睡，也會上網晃晃。

2009/07.28

親愛的基米：

你好！很高興收到你的回信。

貓咪每天都忙於吃和睡。所以好吃的飼料真的非常重要啊！Momo和我最愛吃魚肉罐罐和燒魚柳，Tiger最愛吃脆脆的乾糧，你呢？

香港的夏天很悶熱，三貓食慾不佳，不過如果有燒魚柳的話，我們都會吃光。所以我送上我最的燒魚當禮物，你答應過我，我送你好吃的就要和我交朋友唷！

Mocha上

Mocha！挑幾包燒魚柳給基米吧！

嗯！

左挑

右選

好不容易才挑選了幾包燒魚柳，因為每一種味道都是我的最愛。

明天就把信寄出，希望基米大哥會喜歡啦。

2009/08.01

親愛的Mocha：

非常高興收到你的燒魚(柳)

那我們以後就是好朋友啦～～

昨天妙卡卡說要幫我消暑，本以為他要給我們裝冷氣，沒想到居然是抓我去洗澡!!

他完全無視我的抗議！把我全身沖的溼答答的，我氣的連晚餐都不想吃了！

還好今天收到你的燒魚，心情才有好一點

但是美中不足的是，不太合我的胃口耶……

大咪和妹妹也不吃，只有妹頭和妞妞狼吞虎嚥

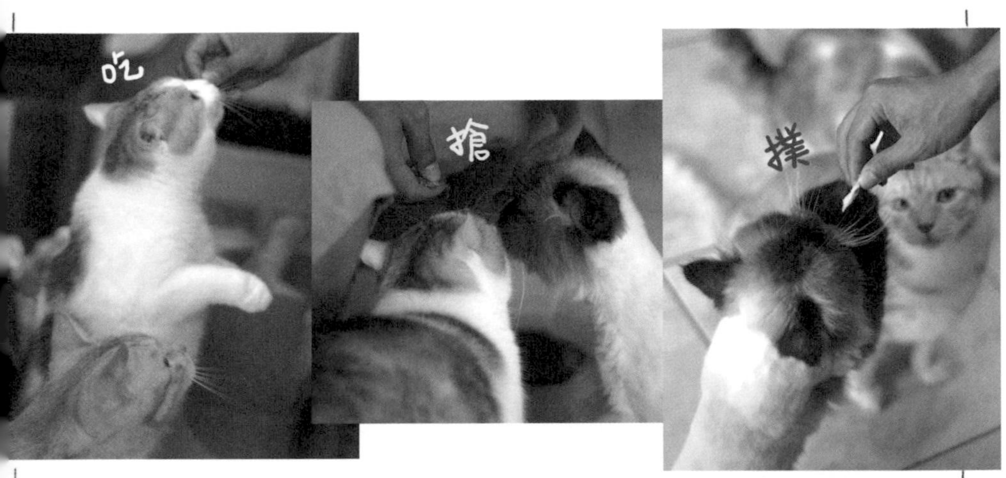

我看這樣好了，你把網誌照片中那桶魚柳通通寄過來我吃吃看

2009/08.06

親愛的基米：

香港跟台灣一樣，天氣非常熱呢！幸好三貓家有冷氣，地磚又是涼涼的，所以我和Tiger都愛躺在地上乘涼。

哈哈！別擔心，只是拍攝角度而已。

Tiger和Momo是長毛貓，每年爸爸、媽媽都會替他們剪毛，可惜爸媽的手勢不好，把他們剪得很難看。

原來真的有貓不愛腥，幸好妹頭和妞妞也喜歡燒魚柳，我的心意總不算白費。

別以為Tiger經常呆呆笨笨的，但我每次和他打架，總是被他K.O.，如果妞妞可以教我一、兩招自衛術，我願意另寄雙包燒魚給她。

Mocha上

2006年

2007年

2009年

連續三年都被
Tiger K.O.

2009/08.10

Mocha小弟啊，根據我目測照片判斷，你會打輸Tiger原因是他比你大隻！你只要學學我，一直吃一直吃，拼命吃，胖到8公斤的那天，相信打都不用打Tiger就會認輸了。

到時記得請我吃東西喔

雖然貓咪一般都是先對峙，等對方露出破綻再打。
但是Tiger年紀大，有經驗，正規戰你是沒勝算的。
這時就要「出奇致勝」

☆攻其不備～暗算拳

☆毫無章法～亂打拳

☆甜甜蜜蜜抱抱拳

2009/08.12

親愛的基米大哥：

媽媽告訴我台灣前幾天受到颱風莫拉克吹襲，台灣被水淹了，我很擔心你們呢，希望你們一切安好！香港這幾天也下雨，你那兒出太陽了嗎？

謝謝妹頭和妞妞的打「虎」三式，我會努力不再被K.O.！然而基米大哥的增肥點子不行呀，如果我真的有八公斤，三貓媽媽就不會帶我上街了。

你家妙大有沒有帶你們上街逛逛？我很喜歡跟爸爸、媽媽上街，坐在私貓坐駕「三貓一號」四處走。如果你們來香港玩，我會叫媽媽帶你們到超大露天貓廁所玩。雖然貓奴們不讓我們睡在貓廁所裡，但他們卻會穿很少布，躺在露天貓廁所曬太陽。

Mocha上

小Mocha啊，你真是一個膽大的冒險家啊！妹妹我活到這把年紀還不知道有家貓喜歡坐車出去玩的說，若是妙卡卡要帶我出門妹妹我一定會嚇得花容失色、魂不附體的！

不過你說的那個露天超級大廁所，妹妹我好想去上一次看看喔♡ 我們家那麼多貓口共用沙盒，好不方便喔，而且都會看到上隻貓上過的痕跡。假如是在露天超級大廁所就沒這問題了。

對了，小Mocha你知道為什麼今天是我寫不是寫嗎？因為最近老是有貓大便在沙盆外，妙卡卡認為嫌疑最大的就是和
而且絕對不是我，因為妹妹我單獨一人住在別墅裡，並不會在外面活動。
早就有亂大小便的前科了，而我哥哥
則是有可能其他貓捉弄而不能去沙盆大……

希望妙卡卡早日抓到兇手，
不然一直看他的大便臉我也很煩……

2009/08.20

親愛的妹妹：

呵呵，美女妹妹寫信給我，我真受寵若驚呢！

哎喲！雖然那是露天超級大廁所，但可萬萬不能在那兒便便啊！我們貓咪都很文明，才不會像狗狗隨街便便。

妙卡卡找到亂便兇手了沒？大家都認為是基米。但到底是誰呢？

在三貓媽媽嚴格的管治下，我們沒有亂大小便的問題，我們都學會了用人廁，遇著二哥Tiger在大便，爸爸、媽媽也要在廁所門外等候呢！

雖然我們會用人廁便便，但抓砂的天性改不了，每次辦完事我們都會情不自禁的用爪抓廁板。

媽媽告訴我妙卡卡又出了新書，她到過幾間書店，都找不到妙卡卡的新作品。你能否拜託妙卡卡送一本給我呢？如果有妙卡卡親筆簽名，那就更加好了！

先送你一個香吻道謝囉！

Mocha上 

2009/08.24

Mocha你們好厲害喔(或者該說是三貓媽媽厲害)居然會用馬桶上廁所啊！我是絕對不行的！

想當初妙卡卡亂換什麼木屑砂，那東西根本不像砂，臭味也蓋不住，我一點也不想用所以我只好上在腳踏墊上，才不是亂大便呢！

說到亂大便，妙卡卡已經抓到兇手了。應該是『推斷』比較正確。他把大咪單獨隔離在陽台，幾天下來都沒看到大在外面，就知道大咪是罪魁禍首了。

我只有偶爾捉弄他一下而已，都馬是妹頭和阿襪，他們倆個老是躲在廁所嚇大咪，沒想到大咪忍一下都不行……

其實搞成這樣我也很困擾。本來我每天都要去陽台睡午覺說，現在都不能去了啦！

2009/08.28

親愛的基米大哥：

　多謝你的讚賞！

　為什麼大家都要欺負大咪呢？憋著便便真的很痛苦呢！希望妙卡卡不要怪大咪啦！

　多謝妙卡卡送來的《貓咪可不可以去上班》，裡面有妙卡卡親手畫的六貓和簽名，我一定會好好珍藏。

　嘻嘻！有三貓家替妙卡卡寫序呢，妙卡卡的新書我一定要先睹為快啦。瞧！我很認真地翻閱呢!

我很羨慕你們六貓和妙卡卡呢，已經出版了六本書，一個貓一本，三貓媽媽有三個貓，但書就只有一本。

最近媽媽轉了新的工作崗位，工作忙得很。她常常把工作帶回家，將三貓都冷落了。當我問他是否會出書時，她總是期期艾艾。

到底是三貓媽媽太忙，還是她沒有信心？

如果三貓媽媽出第二本貓書，你們會支持嗎？

Mocha上

2009/09.01

每一本裡面妙卡卡都是故意在說我們的壞話，不是說我愛吃就提我胖，我們貓族特有的高貴優雅氣質都不寫，連拍照都拍不好，虧他還是美術系畢業的

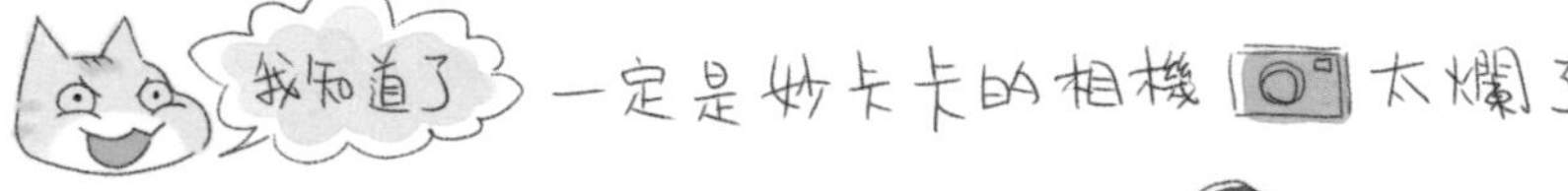

一定是妙卡卡的相機太爛了

你看以前攝影師和你弟用的那種拍出來都很漂亮啊～用大台的照啦～

沒想到被又大又黑的相機指著感覺很不舒服，
搞得我渾身不自在。一定是以前攝影師沒我同意
就亂亂拍，害我心中留下了陰影……
我看妙卡卡你還是選在氣氛祥合，我沒注意到的
情況下，偷偷拍我比較好　真難搞
看來我不是當模特兒的料啊，我還是看看Mocha
你們的照片書就好，出新書時記得通知我們喔～

2009/09.07

親愛的基米大哥：

貓肥無罪！

貓肥有理！

有謂「貓瘦主人醜」呀！我還想胖一點呢！我只有4.8公斤，比起二哥Tiger還要輕一公斤。

我要像基米大哥一樣胖！請問你有沒有增肥餐單分享呢？

像我們這樣的明星貓，讀者要看的就是我們的醜態，愈醜愈失儀，收視率愈高。

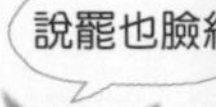

基米大哥也別怪妙卡卡吧，沒有他的書，你們便要吃廉價飼料了，你又哪可以肥霸天下？

至於出新書，媽媽仍在苦惱中，因為老大姐Momo除了吃睡拉之外，她只躺著不動，媽媽用盡所有方法，買了無數逗貓棒，Momo也不為所動。

關於她的篇幅越來越少，基米大哥你有沒有好點子，可以令他重拾玩逗貓棒的興趣？

Mocha上

2009/09.11

首先要喜歡吃東西。只要沒有吐就一直吃。再來就是吃飽就不要動，能躺就不要站，睡覺最好，完全不會消耗熱量。好啦，今天寫到這就好

基米以前專門把大家吃剩的清光光，還好那時妙副總都有把剩的倒掉，不然我看基米恐怕不只10公斤吧

最近，妙副總眼看基米的體重已突破9公斤大關，想用逗貓棒讓他運動運動，沒想到他已經懶到連逗貓棒都不玩了。我想，基米變成10公斤只是早晚的事……

雖然我才4公斤多，但是……
說出來真不好意思……
人家的小腹好大喔～

要不是有一層毛蓋著的話，
還真不能見人3

都馬是妙副總不陪我玩才變成這樣，他居然還說要給我們裝個健身器材好了，像老鼠用的那種……

2009/09.17

親愛的基米大哥：

　多謝你的指教，我已依照你的方法，吃飽就睡，但是仍然不夠肥。

　原因是三貓媽媽很小器，每日只會給我們吃一個罐頭魚，而且是一罐三個貓分。試想又怎夠我們吃？

　不過請放心，除了罐頭魚之外，媽媽也會給我們足夠的乾糧。三貓之中只有二哥Tiger愛吃乾糧更甚於罐頭魚。有時Tiger只吃一兩口便走開，我便可以多吃一點。

二哥吃剩的

三貓媽媽最近轉了工作，多了在家工作的時間，所以當她有點累時，她便和我玩，所以不用健身器材，我也胖不起來。

最近我們愛上了紙箱，就連高貴優雅的老大姐Momo也委身睡紙箱。

你們喜歡紙箱嗎？
Mocha上

2009/09.21

Mocha小弟你都不曉得
妙卡卡他最摳了!

我也會摳

我們可是久久才吃一次罐頭,還6隻貓分!
你之前送我的魚柳啊,說什麼『由奢入儉難』
他居然還有2條沒給我們吃(氣)
寫到這我又想睡覺了,Mocha你要多睡才會胖啦 Zzz

說到紙箱可真是家家必備的好東西啊♡

可坐可睡

可玩躲貓貓

可當抓板

可暫代廁所

基米還可以咬紙箱
練大鋼牙打發時間

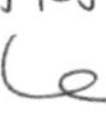

但是紙箱的缺點是用久了會滿地紙屑屑

加上妙副總的阿寶總是把地板弄得亂七八糟，所以最近妙副總都不給我們紙箱玩了 =3=

滿地玩具加紙屑的話
家裡真的會變垃圾場啊

聽妙副總說
三貓媽媽要來台灣玩

妙副總他們因為我們幾乎不出遠門的說，以前過年他都把我們載去台北一起過年，但是太麻煩了，所以現在都是找人來家裡放飯挖沙，可是我們不喜歡陌生人……

三貓媽媽他們去玩，Mocha你們怎麼辦啊？

2009/09.28

親愛的基米大哥：

一個罐頭又怎夠六個貓分？真可憐啊！你們要努力讓妙大多畫點題材，他才能夠多掙點罐頭錢啊。

把紙箱當廁所？我們才不會呢！

好不容易才得到三貓媽媽同意給我們紙箱，所以我們都很珍惜，我們不會咬、不會抓，只有二佬Tiger頭癢癢發作時，會用紙箱角搔搔癢就是了。

妞妞 肉球通訊郵票 5	襪襪 肉球通訊郵票 5	Tiger 肉球通訊郵票 5
基米 肉球通訊郵票 5	卡王子 肉球通訊郵票 5	Mocha 肉球通訊郵票 5
妹妹 大咪 肉球通訊郵票 5	妹頭 肉球通訊郵票 5	Momo 肉球通訊郵票 5

當三貓媽媽工作時，我會睡在紙箱中陪伴著她。這個紙箱已經用了三個多月，還完好無缺呢！

是啊，三貓爸爸、媽媽會到台北數天，吃喝玩樂之餘，也會拜訪一下出版社，媽媽說還會見見你家的妙副總呢！我也想跟隨三貓爸爸、媽媽一同去台灣，我們也有護照，但是從未有過外遊記錄就是。

我是有嘗試偷偷走入行李裡，不過因為被媽媽發現了只好作罷！

每次三貓爸爸、媽媽外遊，他們不會送我們到寵物酒店，他們會請人每天到三貓家餵食和清潔廁所，所以你們不用掛心。

三貓家，一定比寵物酒店好。

Mocha上

媽媽，你要早
點回來啊！

2009/10.03

Mocha小弟，這幾天三貓爸媽不在家，你們過得好不好啊？我們雖然沒有跟去台北見三貓媽媽，但是她的禮物我有收到了～

魚柳真是百吃不厭啊

逗貓棒我就不用了～

魚柳雖然我有多吃兩條，但四貓吃實在不過癮。Mocha啊，逢年過節還是要再寄一些雞柳來

最近早晚天氣有變涼了 我的食慾也變回最佳狀態了！之前那陣子我都沒胃口，還以為我已經老了呢。原來只是天氣太熱啊～現在我又可以去清其他貓剩的乾乾了

2009/10.08

親愛的基米大哥：

三貓爸爸、媽媽已經回家了！他們回來過中秋節。

三貓媽媽告訴我，台灣人在中秋會吃烤肉，妙副總有沒有給你們吃烤魚呢？

我很羨慕你們呀，媽媽送逗貓棒和燒魚柳給你們，媽媽卻沒有買燒魚柳給我們，只有魚肉包和寵物衫。

香港和台灣一樣，早晚有點涼風，很舒服呢！我最喜歡秋天和冬天，因為三貓爸爸、媽媽只有秋冬季才會帶我外出。除了可以上街，媽媽還會在家吃涮涮鍋，有時還會帶我去吃烤肉呢！其中我最愛吃的就是雪花肥牛了。

基米大哥，香港的秋天天氣好，你不如和妙副總一同來香港玩玩，我和二佬Tiger已經為你準備大號紙箱了，這個應該夠容納你吧！除了燒魚柳，我們還會準備肥牛和鱈魚丸給你享用唷。

三貓爸爸、媽媽在台灣與你家的妙大和妙妻喝茶，還拍照留念呢！妙副總和賭神高進一樣，真面目不能曝光，到底妙副總的樣子是怎樣的呢？

Mocha上

2009/10.13

雖然我沒吃過，但一定很好吃的啦。天啊！Mocha你的生活實在讓我羨慕死了～～

我們不要寫什麼交換日記了，我們來交換貓咪吧！我去你家住個一年吧 我的行李很簡單，馬上就可以出發

唉呀～我開玩笑的啦！Mocha你有沒有嚇到
我連公寓樓下都沒去過，哪會去香港啊？

話說回來，那個妙長工最近為了取悅阿寶在放飯時都抱他一起來，這時他有個舉動很討厭……

幹嘛學我的叫聲啊？學人精，哼！
看在妙長工每次都給我大碗的就原諒他吧。
吃著吃著沒想到那個寶又伸手來
妙長工也不阻止他，光是在旁邊說「要輕輕的要輕輕的喔」

氣死我了！但是吃飯皇帝大，我還是忍辱負重先把乾乾吃完再說
寫著寫著，我又想去Mocha你家住了，你問問看

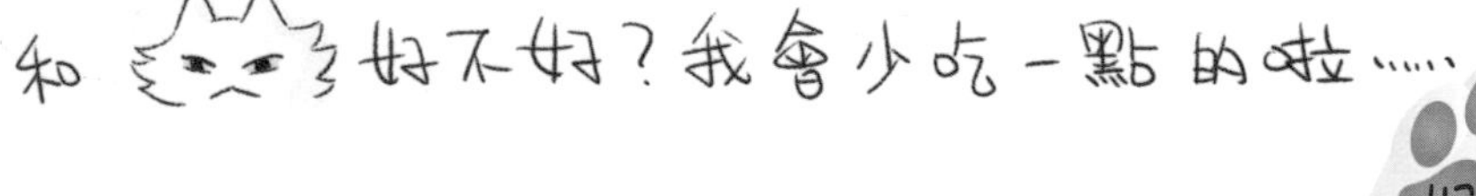
和　好不好？我會少吃一點的啦……

2009/10.18

親愛的基米大哥：

你別怪阿寶啦！因為我有時也會情不自禁地去摸二佬Tiger的耳朵。

二佬比我高大，只有待他低頭吃飯時，我才能輕易地摸到他的耳朵。

小孩子都是學人精，所以你要做個好榜樣，讓阿寶成為好孩子。例如：

飯後要洗手洗腳

便便後要用砂埋好便便

要常常磨爪

妙大一定很開心，還會給你「大盛」份的糧。至於抓蟑螂和貓咪瑜珈，就待阿寶長大一點再教他吧！

至於交換貓咪……

還是大家姐Momo心水清，她說……

雖然Momo不和我玩，打架又不敵Tiger，但想想還是交換日記就好，一罐三個貓分，總比六個貓分好，況且……我也不愛吃飯時被摸耳朵呢！

Mocha上

2009/10.22

基米想偷懶
我來幫他一次

其實我也不知道
要寫什麼耶……

寫什麼好……

呃啊～～～
貓毛滿天飛

滾 滾 滾 滾 滾

妙大怎麼這樣說呢，我還是6貓中毛掉最少的呢！Mocha你別以為我是長毛貓就掉很多毛，其實我的毛很少 是稀疏 從來不會打結，夏天時妙大也不會剃我毛呢！

他們要是沒剃毛，幾天沒梳就開始打結了。其中妹妹毛長最快，我看妙大三個月就會帶她去剃一次呢 好花錢啊

我阿季 雖然毛滑滑軟軟的，但是她的毛很沒用，輕輕摸一下就會掉下來……

說到我們家第一多毛：登登登登就是基米→
他的毛又多又密，細看就會發現有一層白色的
細毛非常茂盛（其實茂盛還不足以形容）

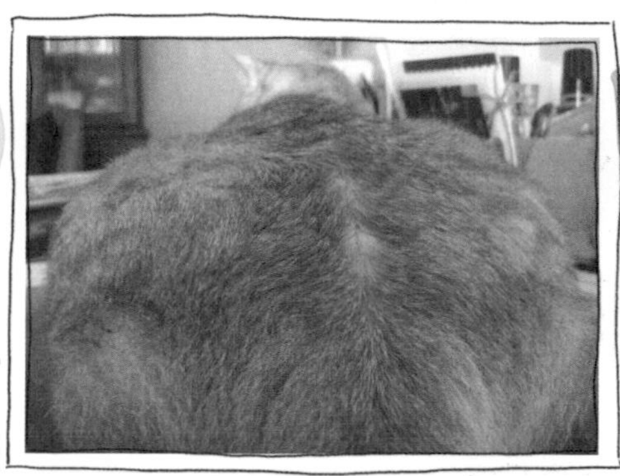

Mocha你喜不喜歡梳毛啊？我超♥的啦～
但是妙大每次都梳沒兩下就去梳基米，他說
他很愛梳一堆毛下來的成就感＝＝

2009/10.26

親愛的襪子：

趁著Mocha午睡，今回就讓我Tiger來寫《肉球通訊》啦！

談到梳毛，我就最不喜歡了！但就是因為我不喜歡梳毛，所以我的毛常常打結。媽媽唯有親自操刀為我剪毛，但每次剪毛後的我的樣子就更呆更傻。

大家姐則最愛梳毛，她還會左右自轉讓媽媽去梳呢！

媽媽有時會用特別的梳子，那把梳子能把厚厚的毛梳薄，梳幾下就梳出一大堆毛，你家妙大若用此梳的話，一定會更興奮。

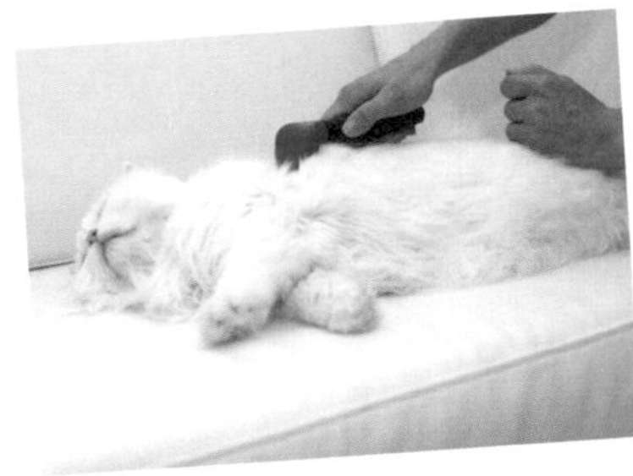

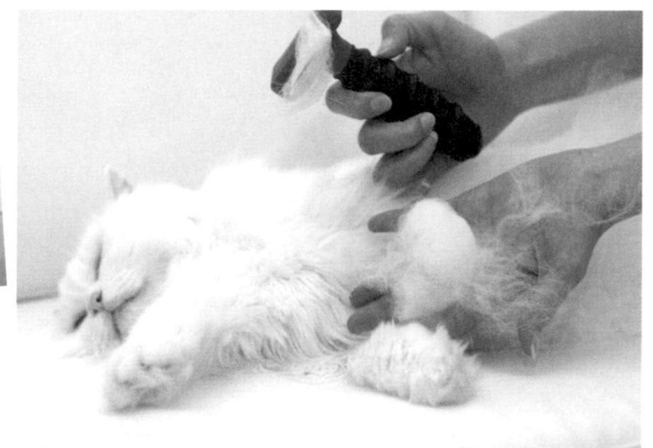

可別以為長毛貓就掉毛多，Mocha和基米一樣，都是厚毛甩毛怪，每次梳出來的毛球都足夠做一個小Mocha了！

寫到這裡，Mocha睡醒了，以下就交給他繼續吧。

Tiger上

三貓爸爸常常嘲笑媽媽和三貓說話，笑她自言自語，貓又怎會懂人話呢？

其實我們聽得懂的，只是人不懂貓話罷了！

每次媽媽喚我的名字，我都會立即走到她跟前。

媽媽最愛和二佬Tiger說話，因為媽媽說一句，他便答一句。

Momo是家中最酷的一位，她不受召喚。當她心情好，就會走到爸爸、媽媽跟前磨蹭，要摸要抱。但當她要獨處時，誰也不能碰她。

襪子，你家最愛和妙大說話的是誰呢？

Mocha上

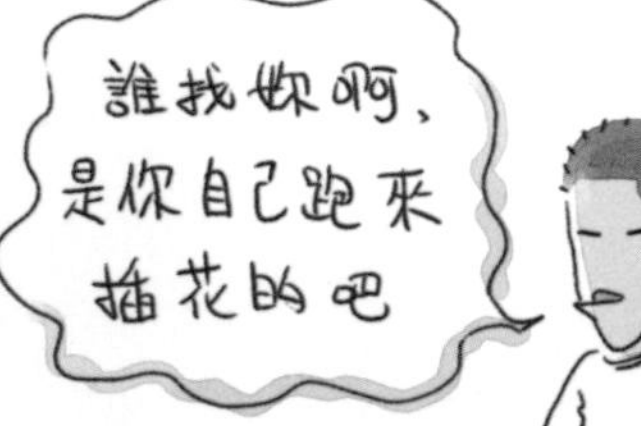

◎插話案例

對啦，其實是我自己愛講話啦……大家一起聊天比較熱鬧嘛。不過，妙副總不跟我說話我一隻貓也可以講。我這個人(貓)比較愛擔心，想著想著就會自言自語起來……

 唉唷~幹嘛那麼凶啦~

對了對了!妙副總買了跟Mocha你們家類似的梳子

這梳頭不像梳子,反倒比較像推剪

聽說很多網友都大力推薦呢!

我看他梳了半天,不管怎麼梳都可以梳下毛來,我都搞不清楚是在梳毛還是刮毛了....

2009/11.08

親愛的妹頭：

你好嗎？對不起，這麼遲才回信。因為最近很忙，三貓的第二本書快要出版，身為《三貓Live秀》中的男主角，每一篇當然都要我親自過目，務求每篇都能令大家捧腹大笑、拍案叫絕。

一年十二個月，我最喜歡就是十一月了。因為……我是十一月出生的。

三貓之中，就只有我有出生證明，大家姐Momo和二佬Tiger都沒有喔！

Name of Country

AGE/DOB	IDENTIFI
18.11.2005	Red Tabby

Certificate of Health to Ac
of Animals or Animal Reprodu

Additional Certification for Export

BREED	SEX	AGE/DOB	IDENTIFICATION
British	Male	18.11.2005	Red Tabby M/C 090 281 358

* In the case of a cat.

每年生日，三貓媽媽都會幫我們慶生。雖然媽媽不知道Momo和Tiger的真正出生日期，但他都會在六月為他們慶生。

十一月十八日就是我的生日啦！

我的生日願望是：

一條新的磨爪柱，因為舊的已經很爛了！

有很多很多很多燒魚扒，因為它太美味了！

Mocha上

2009/11.13

Mocha你有自己的生日好好喔！我們6貓幾乎都是認養來的，都不知道生日說。妙長工居然說不知道也好，省了生日蛋糕的花費，我看他一定是全世界最小氣的養貓人了。

我自己也沒過生日啊

不然統一在「貓節」一起過好不好？

那又要拖到明年去……

好，不寫吃的事了

前幾天看到妙長工在用新梳子時，我就知道苗頭不對，早早就溜了

無奈家裡太小，無處可躲，該來的還是要來。反正他讓我不舒服的話，該咬的我也不會客氣的！

沒想到這梳子梳臉這麼舒服！害我不自覺就把脖子伸長了。修完臉感覺好像有變帥呢

2009/11.24

親愛的基米：

非常感謝你們六貓的祝福，還有我的貓樣蛋糕呢！

妙卡卡的建議很不錯呀！畢竟有生日的貓咪並不多，就統一在「貓節」當日為一眾被認養的貓咪慶生吧！

三貓媽媽告訴我，台北市政府新聞處早在一九九五年正式訂立四月四日為「台灣貓節」，你可以叫妙卡卡在這天為六貓慶生和慶節！

香港入冬了，我們都不再睡在紙箱裡，而是跳上爸爸媽媽的大床去睡。

上星期氣溫只有十度左右。天氣冷時，大家姐Momo和二佬Tiger忽然要好起來，兩貓還依偎著相互取暖！

Momo嫌棄我只有肥腩，沒有暖暖的長毛，把我排斥在外，我只好孤伶伶一個貓睡在床尾。

你們怕冷嗎？你們又怎樣保暖的呢？

這個星期天氣又回暖了，我最愛躺在窗邊，讓太陽伯伯曬著大肚腩。

天氣時冷時熱，你們要好好保重身體啊！

Mocha上

2009/11.26

身體冷不要緊
心冷才叫人傷心

Mocha你都不知道說，我們都沒上床去睡過呢！

去問問有養貓的人，10個有10個一定會抱貓上床睡覺的。我們家那小氣的妙長工，床那麼大，從來也不會分我們睡，真是讓貓心寒啊

雖然說妙長工很小氣，但也不至於沒良心啦。冬天時他還是會為我們準備座墊。我當然是用最大的啦

Mocha我們真是橘色虎斑貓所見略同啊～～
我也超♡曬太陽的說！

但是宜蘭冬天幾乎不出太陽，
沒下雨就要偷笑了。現在都
沒得曬了。

所以我只好去找他的電腦螢幕了。熱熱暖暖的，天冷時趴在上面也是貓生一大享受啊～～

螢幕⋯螢幕⋯沒有了！難道妙長工也追隨邪惡的潮流，要換液晶螢幕嗎??也不先問問我們的意見，真是可惡加心寒啊～～

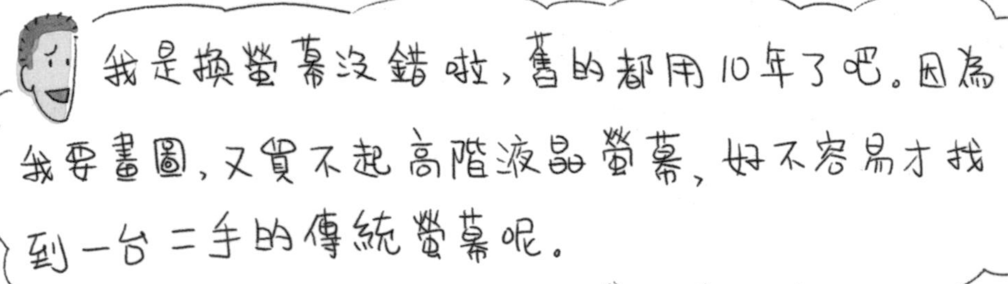

喔～♥
這22吋的有
比較寬敞

《舊螢幕》

《新螢幕》
二手

算你有良心

2009/12.03

親愛的基米大哥：

三貓爸爸、媽媽愛簡約整潔，家裡沒有好玩的。電視雖然很大，但款式是貓咪最討厭的液晶螢幕電視。

雖然電視機頂好溫暖，但一點也不舒適！連一個貓也容不下，還讓我的肥腩表露無遺！

除了十一月，我最喜歡就是十二月了，因為冬至、聖誕日和除夕，三貓媽媽也會特別慷慨，和慶生一樣，除了每個貓各有一罐魚魚吃，還有燒魚排呢！

除了有好東西吃，三貓爸爸、媽媽也會特意幫我們打扮一下，拍一輯沙龍相應節。

三貓媽媽負責佈置場景和為我們打扮。

三貓爸爸就負責攝影和燈光。

我……負責搗蛋，嘻嘻！

花了三個多小時，聖誕三貓終於誕生！

Mocha上

2009/12.08

傻傻的受人擺佈拍照
我才不幹呢~

Mocha你們會受歡迎果然不是沒原因的，要我的話別說站好拍照了，之前妙長工給我套了項圈，我就快發瘋了+﹏+ 還是你們厲害！

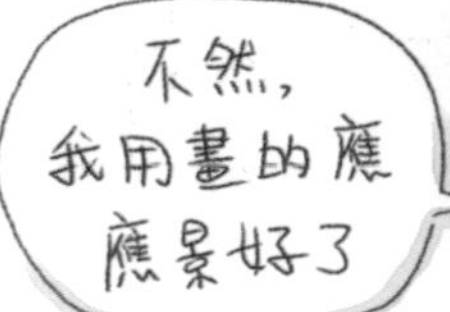

我們台灣人應該過「行憲紀念日」才對，不是~~耶誕節~~。

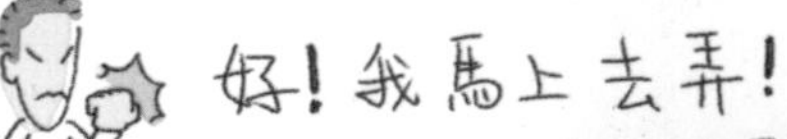

幹嘛故意唱反調啊！那人家有耶誕大餐，我們有什麼??

好！我馬上去弄！

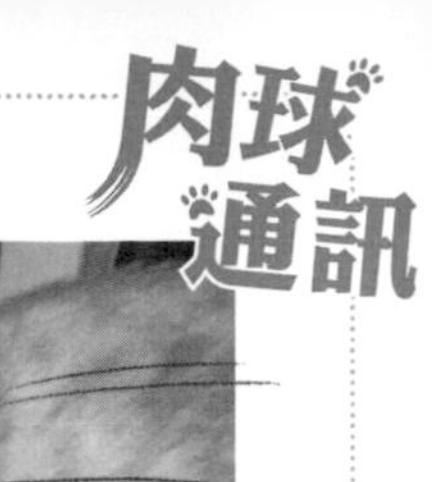

一馬當先

我也要
我也要

阿季不要
搶啊～～

等我等我

其實12月25日
還早吧

沒關係啦
找個藉口吃大
餐才是重點啦

2009/12.15

親愛的基米大哥：

「行憲紀念日」？聽起來像一個悶蛋日子。

到了十二月，三貓家也會佈置一番，為家裡添一點聖誕氣氛。除了聖誕大餐，三貓爸爸、媽媽還會為我們每貓準備一份聖誕禮物。

基米，你得要為家中六貓謀福利，別給妙大的「行憲紀念日」罐罐所蒙蔽，一定要為六貓爭取聖誕節大餐和禮物啊！

謝謝妹頭的讚賞，那些聖誕造型照其實也談不上專業啦，就讓我給你看看我們的NG、蝦碌相片。

大細眼look

伸舌頭look

三貓媽媽上星期病倒了，幸好不是什麼H1N1，休息了數天便康復了。記得我們三貓年初相繼病倒，又要吃藥，又要打針，不停打噴嚏，鼻塞流鼻水，很辛苦。

氣象部預測天氣又會轉冷了，你們要好好保暖，別生病呦！

Mocha上

2009/12.17

Mocha你說得對！怎麼可以只吃罐頭就打發掉聖誕節呢

對厚……應該好好許個願才是

嗯

聖誕老公公，我很乖，我想要變得很強很強，這樣其他貓都會很怕我，我就不用再亂大便劃地盤了。

吼

好像猩猩喔

聖誕老公公
妹妹我想把妞妞變成老鼠，這樣她就沒辦法欺負我了～

不然您把她打包帶回去也可以。

我希望媽長工整天陪我玩

我希望媽大整天都幫我梳毛

我希望當媽副總24H的隨身保鑣

聖誕老公公，我改一下願望好了，
我只要裝滿一隻襪子的罐頭就好，
請你讓阿寶那小鬼變乖乖，不然
家裡的氣氛很不好，老是吵吵鬧
鬧的我很煩。拜託您了～～
一隻襪子就好了～

2009/12.21

好孩子才有聖誕
禮物啊！Mocha
今年乖不乖呢？
要乖才有
禮物？
偷走出街
大啖咬大家姐
兜巴星二佬
油漆掃當吉他
搶食

我今年一定
無聖誕禮物
囉！
那麼你明年
乖一點吧！

不開心
不開心
不開心

不開心
不開心
不開心
不開心

基米老弟，你得要為
Mocha想想辦法，他
一直在結屎面呀！

2009/12.24

不是不是，許願這種事是講誠意的啦，哈哈～
不是有句話叫「心誠則靈」嗎，呵呵呵～
我也不是要安慰你或對你說教啦，嘻嘻，因為，
聖誕老公公真的實現我的願望了～～～！

罐頭金字塔!!

天啊!!!
我真是高興到
快死掉了！

這麼多罐頭，多到可以拿來當雪球打雪仗了。

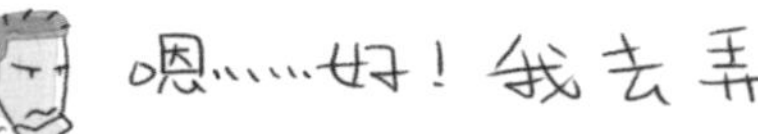
不然也可以拿來堆雪人啊～

嗯……好！我去弄

Mocha你看，只要真心許願，就算是一年的最後一天，聖誕老公公還是會看到你的真心誠意的。

～～祝你能收到聖誕禮物啦～～

2009/12.27

Mocha是好孩子，聖誕老人是知道的。聖誕禮物都已經送到三貓家囉！

親愛的基米大哥：

你說的對！奇蹟真的發生了！

原來是有三貓貓樣的環保袋和罐罐包包！

基米大哥，三貓媽媽告訴我，我們把做代言貓的廣告酬金都捐予慈善機構，聖誕老人都讚三貓乖，所以就送我們這些罐罐。

Mocha！快點過來罐罐山拍照啦！

搖搖搖搖

咔啪

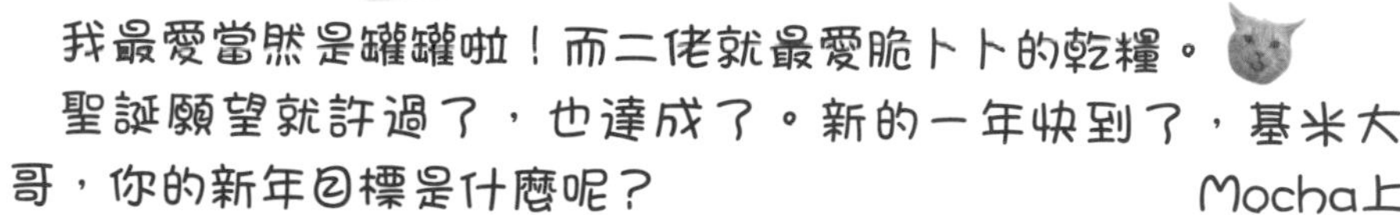

我最愛當然是罐罐啦！而二佬就最愛脆卜卜的乾糧。

聖誕願望就許過了，也達成了。新的一年快到了，基米大哥，你的新年目標是什麼呢？

Mocha上

2010/01.14

Sorry啊 Mocha，我好久沒寫通訊了。

最近真是過太爽了。不但有罐罐一直吃，還有好吃的飼料和妙鮮包換口味。天氣冷就一直睡啊（人類還要起床上班真是慘啊）吃飽睡睡飽吃，我已死而無憾 

說到吃睡好像是我的強項，但也不過是天經地義的動物本能，餓了就吃，睏了就睡，很自然啊。
但阿寶那小鬼不是耶…… 據我觀察，他不喜歡吃東西也不♡睡覺，更奇怪的是餓了也不吃，累了也不睡，還會大吵大鬧……

你明明就累了
為什麼不睡
半夜12點
玩！玩

你整天都
沒吃耶
ㄑ丶玩
ㄑ丶玩
擋
自己撞地板
哇哇哇～～～
哭到歇斯底里
嘔

好奇怪的生物喔
我完全不能理解

說到奇怪的事，其他的貓也很奇怪……

之前妙長工的朋友寄了妙鮮包來，

(對，是別人送的，妙長工那窮鬼才沒錢買呢！)

其實就是罐頭嘛，只是包裝不一樣而已，沒想到……

就張大嘴給它咬下去就好啦

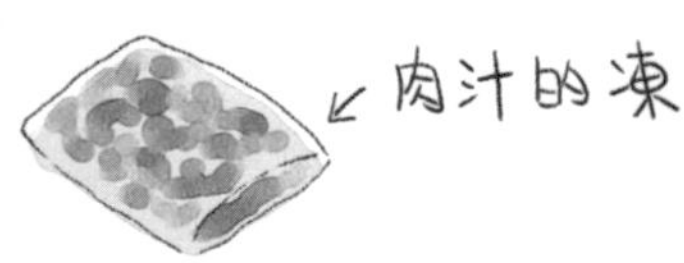

唉，他們真是嬌生慣養！

居然這麼好吃的東西，沒有弄成小口份量就不吃了。

真是暴殄天物啊～～

妙長工他們忙著顧阿寶、
也沒發現我一貓吃三份，
真是撐死我了 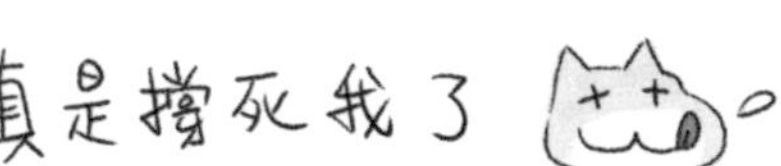

啊～～我真是過太爽了，死而無憾，死而無憾啊～～

2010/01.18

親愛的妙大：

這個冬天特別冷，加上連續多個星期也不見陽光，所以三貓也是吃飽就睡、睡醒就吃。

你們看二佬Tiger轉個身又睡過！

三貓媽媽常常說妙卡卡跟妙妻是超人，既要照顧六個貓，又要帶阿寶，這可不是易事呀！

要對付阿寶，你可以參考二佬Tiger和三貓媽媽的妙計。

小孩子會鬧彆扭，小貓咪也會。

小孩子扭要玩，我就只會扭小點心。

Mocha上

昨天妙長工
做了一件怪事……

他倒了一些乾飼料，我還以為是要給我當點心，沒想到他拿著乾乾就出去了……

後來聽他和妙妻談話才知道怎麼回事

他們在討論什麼我是聽不太懂啦 ……

但是有貓肚子餓我很能體會。沒有東西吃真的很慘，Mocha你大概不能想像有一餐沒一餐的街貓生活。

我小時候也曾經是街貓，不知道下一頓的日子真的很艱苦。所以我被上一個主人帶回家時就拼命吃拼命吃，沒多久肚子就有游泳圈了。

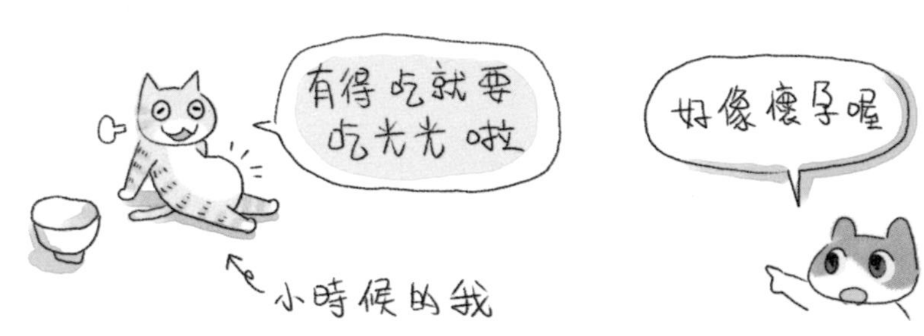

哪像阿寶那小鬼，吃飯都只吃幾口就跑掉，真的是身在福中不知福

所以說啊……

我知道罐頭還有快拿出來！

早……早就吃完了不是嗎？

2010/02.06

親愛的基米大哥：

　對呀！我們實在很幸福，所以我有衣食，從來不會浪費。二佬Tiger吃飽就走，而我就會把他吃剩的都清光。

　今年是虎紋貓年，同為虎紋貓，特別是超帥（肥）虎紋貓，我覺得我們應該得到特大紅包才是。

胡說八道！

我叫Tiger，我的應該大點才對。

嗄？不是虎紋貓年嗎？哎唷！我們得想個辦法才行！要不然，我們怎能有大紅包？

虎紋貓來個老虎造型，應該可以吧？

除此之外，我還祕密練兵。一眾貓奴見我這個可愛的樣子，還不會乖乖送上紅包，嘻嘻！

我代表三貓家
祝願基米及大家
罐罐常滿
貓肥屋潤
身體健康
Mocha上

福

這就對啦！

妙卡卡特別劇場
貓遊記
馬

吼
把唐三藏
交出來！

做妳大頭夢！

喵
喵
喵
抖

蜘蛛精來也

吃點木天蓼
消消火吧

完

三貓媽媽特別劇場——Mocha驚菩

當貓主子變作人奴……

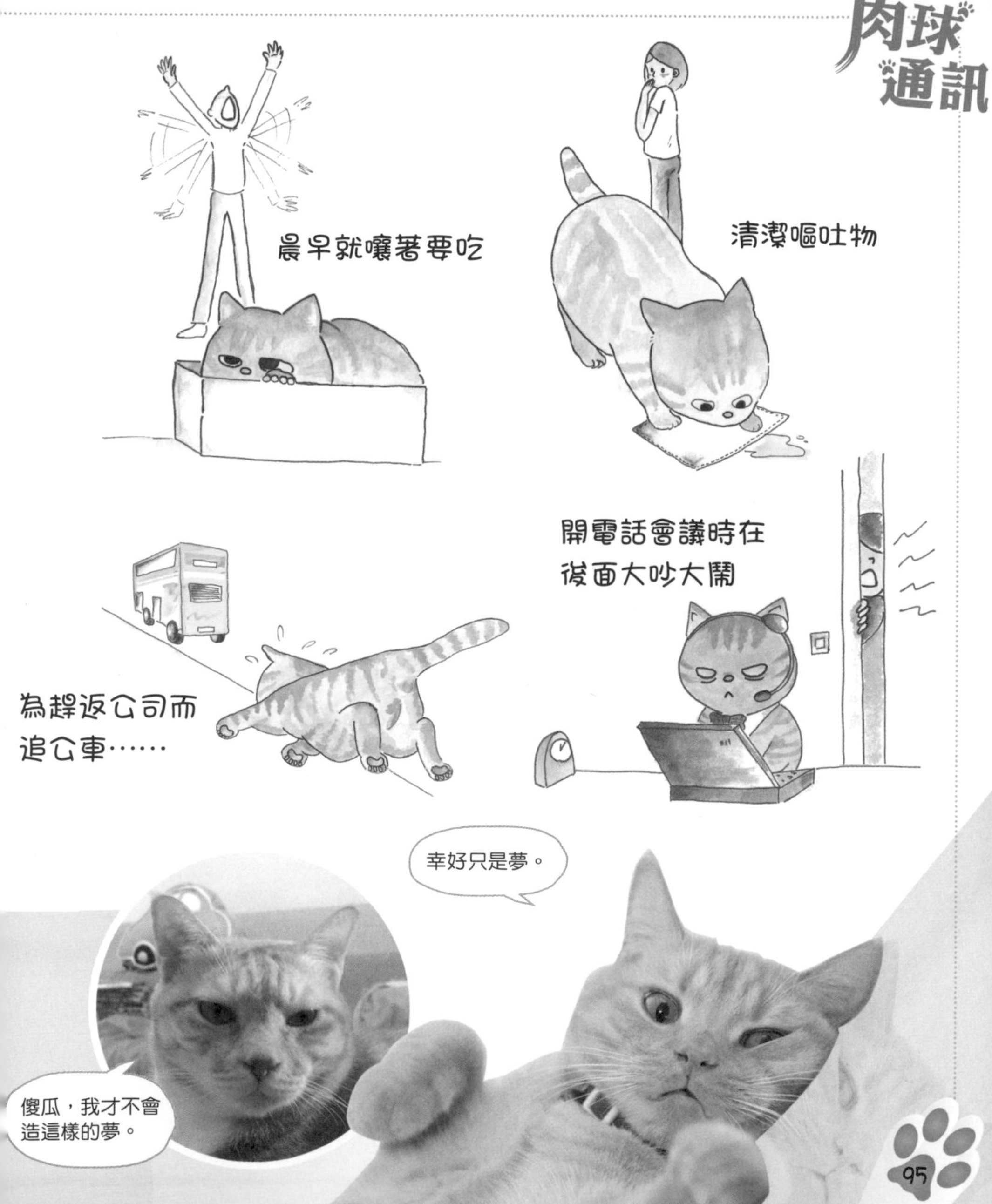

肉球通訊
晨早就嚷著要吃
清潔嘔吐物
開電話會議時在
後面大吵大鬧
為趕返公司而
追公車……
幸好只是夢。
傻瓜，我才不會
造這樣的夢。

肉球通訊

作　　者	妙卡卡(部落格「貓貓塗鴉」http://blog.yam.com/myukaka) 三貓媽媽（部落格「三貓blog blog齋」http://hk.myblog.yahoo.com/catz-world）
企畫主編	謝宜英
責任編輯	陳妍妏
美術編輯	劉曜徵
封面設計	劉曜徵
總 編 輯	謝宜英
社　　長	陳穎青
出 版 者	貓頭鷹出版
發 行 人	凃玉雲
發　　行	英屬蓋曼群島商家庭傳媒股份有限公司城邦分公司 104台北市民生東路二段141號11樓 劃撥帳號：19863813；戶名：書虫股份有限公司

城邦讀書花園：www.cite.com.tw 購書服務信箱：service@readingclub.com.tw
購書服務專線：02-25007718～1（週一至週五上午09:30-12:00；下午13:30-17:00）
24小時傳真專線：02-25001990；25001991

香港發行所	城邦（香港）出版集團 電話：852-25086231／傳真：852-25789337
馬新發行所	城邦（馬新）出版集團 電話：603-90563833／傳真：603-90562833
印 製 廠	五洲彩色製版印刷股份有限公司
初　　版	2010年4月
定　　價	新台幣250元／港幣83元
I S B N	978-986-262-028-1

讀者意見信箱 owl@cph.com.tw
貓頭鷹知識網 www.owls.tw

www.cite.com.tw

國家圖書館出版品預行編目資料

肉球通訊 / 妙卡卡&三貓媽媽著. -- 初版. --
臺北市：貓頭鷹出版：家庭傳媒城邦分公司
發行, 2010.04
　面；　公分
ISBN 978-986-262-028-1
855　　　　99004606